신기선 서정시집

바람의 집

바람의 집

초판 1쇄 인쇄 | 2010년 10월 24일
초판 1쇄 발행 | 2010년 10월 30일
지은이 | 신기선
펴낸이 | 이승은
펴낸곳 | 예옥
등록 | 제 2005-64호(등록일 2005년 12월 20일)
주소 | 서울시 마포구 동교동 200-16 303호
전화 | 02. 325. 4805
팩스 | 02. 325. 4806
이메일 | yeokpub@naver.com

ISBN 978-89-93241-19-8 (03810)

신기선 서정시집

바람의 집

하늘 끝에 바람은 늘 수 었다 간다

예옥

詩人의 말

　자연은 거짓이 없다. 자연은 많은 정보를 갖고 전해준다. 자연과 서로 소통하면서 자연과 더불어 살아왔다. 내가 자연이 되고 자연이 내가 되어 한결같이 가슴을 맞대면 서로 똑같은 심상을 드러낸다. 내가 자연의 일부라는 것도 이때서야 터득하고 우주 속의 만상과의 인자도 같이하는 깨달음에 이른다.

　여기에는 이슬이 있었다. 우주의 탄생과 자연을 사랑하는 온초적 근원의 거대한 에너지가 영롱한 한 방울의 이슬 속에 있었다. 이슬은 자연을 다스리고 자연은 이슬에 순복하며 삶을 만드는 거룩한 사랑으로 우주 생명의 대드라마를 연출하고 있다. 그것은 신비의 물방울이었다. 그것은 태초로부터 오랜 세월을 숙성시켜 이루어진 정서적 지혜에서 출발했으며 온 세상에 퍼져 미미한 생명까지 길러내는 사랑의 핵 물방울이었다.
　나는 자연에게서 자연은 나에게서 이슬을 통해 창조적 영혼의 씨앗을 서로 찾아 오늘의 황홀한 상생의 입지를 맞이하게 되었다.
　하늘과 바람과 구름이 달과 별과 해와 노을이 산과 숲과 강과

바다가 눈과 비와 꽃이 모든 짐승과 곤충이 땅속의 모든 자양에
이르기까지 말을 건네고 말을 듣고 나면 자연과의 소통으로 얻은
내 원래의 시적 위치를 확보하게 되었다. 그래서 자연과의 삶이
기쁘고 즐겁고 재미가 있다. 이슬에게 감사하고 자연에게 감사하
며 이 시집을 낸다. 아낌없는 채찍을 바란다.

  이 책을 만드는 데 많은 분량의 시평을 써주신 유창섭 시인께
고마움을 보내고 주식회사 예술인 주택 이규정 사장, 바쁘신 중
에서도 표지화를 그려주신 오명철 화백, 책 편집에 도움을 받은
정기복 시인, 이 책을 상재하기까지 애써주신 예옥 출판사 이승은
사장에게 깊은 감사를 드립니다.

2010年 9月 20日

丹陽 凡石齊에서

申基宣 씀

제1부

존재에 대한 애정과 감사의 흐느낌

차례

제2부

자연과 소통하며 갈무리하는 삶

제3부

우주의 울림에 사랑의 참빛 빛나고

제1부

존재에 대한 애정과 감사의 흐느낌

눈물이 샘 속에서
짠 슬픈 눈물이
짠 기쁜 눈물이
맑게 걸러서 흘러나옵니다

- 「눈물의 샘」 중에서

눈물의 샘

눈 속에는 두 개의 눈물샘이
있습니다

기쁠 때 샘솟는 눈물이
슬플 때 샘솟는 눈물이
언제나 흐릅니다

눈물이 샘 속에서
짠 슬픈 눈물이
짠 기쁜 눈물이
맑게 걸러서 흘러나옵니다

슬픔도 짜고
기쁨도 짠데

내 인생은
간고등어도 아니구
꽉 마른 굴비도 아닌데

달콤한 기쁨이 쓴 슬픔이 서로 섞여서
매일 살 속을 비집고 나옵니다

기쁨의 눈물이 슬픔의 눈물이
내 눈썹 주름 숲에
오늘도 이쁘게 아롱져 고여 있습니다

아내의 얼굴

아내를 생각할 때마다
못다 한 아픔에 눈물이 납니다

살아 있어도 그런데
저세상 가면 어떡해

밤이면 달이 뜨듯이
나에게는 늘 지워지지 않는
밝고 밝은 달이에요

구름이 달을 가려도
번개가 천지를 치며 달을 가려도

다 지나가면
다시 얼굴을 내미는 달이
바로 제 아내에요

천연天然이 준 거룩한 인연

밤하늘에 매일 방아 찧는 달 속의
산토끼 계수나무 새긴 인감도장이

내 평생 삶을 같이하는
붉은 인주 없는 아내의 얼굴이에요

코스모스

내 아내의 얼굴을 한
흰 코스모스는 가냘프게 서 있다

오랜 세월의 흔적을
하나하나 벗기며
코스모스는 내 아내의 모습으로 서 있다

싱크대의 기름때를 벗기며
아이들의 꺼먹때를 벗기며
시름겹고 사연 긴 나날을 달래던
내 아내의 참마음으로
코스모스는 외롭게 서 있다

코스모스는 내 아내가 되어 서 있다
아들·딸·손자를 설거지하며
고된 세상의 흔적을 조금씩 들추어낸다

남편의 지루했던 그늘도 설거지하며

어른들의 아픈 신음도 설거지하며
캄캄하게 아팠던 세월을 들추어낸다

저기, 저기 지금
환하게 웃고 있는 내 아내와 함께
흰 코스모스는 슬픈 빛을 적시며
가을하늘 속에 말갛게 서 있다

김치

햇소금으로 씻은 하얀 통배추
부드럽게 절인 겉살 맛일까

마늘향 맛 긴 다리 미나리 잘라
앞쪽 귀 뒤쪽 귀 갓 뜯어 섞은 맛일까

쪽파 머리 깎아 깎은
허벅지 무 썰은 맛일까

통통 살찐 눈알 큰 육젓
곰삭은 통멸치젓 바다 맛일까

햇빛 빨아먹고 딱딱하게 야윈
태양초 고추로 양념한 맛일까

모두 섞어 버무리면 속 타 아린 통배추
버무릴수록 빨갛게 열 차서 홍역한다

어머니 손이 곱다 곱다고 어루만진
마디마디 볼볼마다
빨간 핏줄의 혈관이 갓 피어 돋아난다

토장 항아리 속은 거친 숨소리 버겁다
뒤척이며 보챈다 난리가 난다

푹푹 숙성하는 방글방글 노래
묵은 피 걸러내는 새 피 짜는 소리

저녁노을 떠먹는 외로운 밥상에
혈관에서 줄줄 생피 흐르는 김치

한 대접 마시는 찰막걸리 속에
뚝 떨어지는 김치 한 방울
어머니 피 퍼진다 어머니 그리움 퍼진다

어머니 손맛 지문 나이테로 배운

김치 담그는 꽃소금 땀 흘리는 아내

혈액 속에 익은 어머니의 DNA 김치를
아들딸, 손녀 외손자 외손녀 남편에게
매일 세 끼 먹이는 실습을 하고 있다.

.

누룽지 1

가마솥 속에 누룽지 누우렇게 탄 채 있다
검불연기 끓는 밥 김에 서려
누우런 누룽지가 된 어머니 얼굴

더덕 더덕 누더기 가난에도
보리밥이면 보리 누룽지
조밥이면 조밥 누룽지
쌀밥이면 쌀밥 누룽지

솥바닥이 닳도록 긁으며
손이 잉 물으며 살아온 어머니

평생을 김이 모락모락 나는 밥만
아들딸 온 식구에게 다 퍼주고
남은 누룽지만 드시고도
언제나 기쁨을 만드시던 어머니

주름이 하나씩 더하는 누룽지 긁는 소리

딱딱한 누룽지에 이빨이 다 빠져
가마솥에는 여기저기에
어머니 이빨이 누룽지 되어 널려 있다

누룽지 2

가마솥 속에는 어머니의 얼굴이
가득 차 있었다

많은 밥이 끓을수록
어머니의 얼굴도 밝게 끓었다

적은 잡곡밥이 끓으면
어머니는 어두운 얼굴로 탔다

언제나 밥솥만 바라보던
어머니의 속 그늘은
물껍데기 쌀껍데기 익는
속 타는 솥바닥과 같았다

누룽지를 박박 긁는
어머니의 손끝에
누우런 사랑의 찌꺼기가 뭉쳐 있었다

일생을 밥 탄 재만 드시고
항상 빈속으로 살아온 어머니의 밥솥은
배고픈 작은 곳간이었다

누룽지 3

가마솥 속에서 소리가 납니다
물 붓는 소리
밥물 맞추는 소리
밥 끓는 소리
밥 타는 소리
누룽지 박박 긁는 소리

이 모든 소리는 어머니가 만드는
소리입니다

해가 뜨고 해가 질 때까지
가마솥 속에서 하루 두 번씩
한숨으로 엮어내는 소리입니다

어머니는 노래 못 부르는 음치입니다
누룽지 긁는 박자에 맞추어
노래 연습을 합니다
세월 속에 쌓이는 어머니 노래

가마솥 속에서 노래 소리가 들립니다
누룽지 긁을 때마다
평생 부르는 어머니 노래가
부엌에서 하루 두 번씩 들립니다

아내의 자리

언제나 버릇이 된 나의 밤잠
늘 내 옆에 당신이 있는 것 같아
자다가도 더듬으면 늘 없어요
여보 불러봐도 당신은 보이지 않고
되풀이 들리는 환청 속에 늘 빈자리
서울 손녀 외손자 콧물 닦아주러 간
현실을 깜박 잊고
그냥 당신은 있는 것만 같아요

이런 밤일수록 당신이 적어놓고 간
일상의 메모지를 첫새벽에 펴보면
전기를 일찍 끄고, 쓰레기를 잘 치우고,
산고양이, 동네 까치 밥 주지 말고
난방 기름 아껴 쓸 것 이런 글을 읽으며
나는 빙그레 웃지요

이제껏 못 해준 많은 아쉬움이 쌓이는 쓸쓸한 밤에
심심해서 그믐달과 밤 깊이 놀고 있으면

어디선가 당신의 설거지 소리
당신의 목소리 밤바람 타고 들려와요

이 세상에서 이 함께 숨 쉬고 있는
이 고마움이 내 빈 가슴속에
당신의 얼굴로 가득 넘치며 환해져요

빨래

줄에 걸려 있는
형형색색의 빨래

햇살은 묵은 세월
젖은 때 빨아 먹고

이리저리 춤추는
무희舞姬들의 펄렁임

긴 아랫도리 바지는
속 빈 허수아비

양손으로 뻗은
웃저고리는
말라가는 야윈
옛 할머니, 엄마의 모습

어린이 여러 색동옷은

무지개로 되살아나
줄을 타고
하늘 속에서 꽃잔치 한다

산들 바다 바람에
꾸둑꾸둑
빨래는 마른
오징어가 되어간다

봄소식

바람이 기웃거리며
햇볕을 뿌리고 지나간다

그 흔적마다
흙이 으깨며 속삭인다

냉기를 하나씩 둘씩 밀고
이슬 묻은 푸르름이 쫑긋한다

강물은 잃었던 선소리도
흥얼거리며 부드럽다

나비 날갯짓이 서툴고
벌이 꽁침을 놓을 꽃자리를 찾는다

새 노래 소슬거리며
하늘 속에 쨍쨍하다

나무들이 얼었던 어깨춤을 추며
안개는 구름물을 풀어낸다

씨앗

또르륵 또르륵 이슬은
구르는 큰 씨앗이다

흙 속에서도 또르륵
풀 숲에서도 또르륵
꽃 속에서도 또르륵
구르는 사랑에
고운 얼굴들이 태어난다

나뭇가지에도 또르륵
새 입술에도 또르륵
참매미에도 또르륵
뜻이 뜻이 굴러가면
모두가 말을 하고 노래를 한다

또르륵 또르륵
구르는 씨앗으로
푸른 산 넓은 강 짝지어 준다

이슬 1

이슬이 나뭇잎, 꽃밭, 숲 속에 모여 있습니다
서로 한몸으로 엉키면서 이야기가 한창입니다
나무와 꽃과 숲이 숨결을 고르며 속삭이는 사이
이슬은 그늘을 잃고 사라지고 말았습니다
소리 없이 왔다가 소리 없이 모든 생명에게
기쁨을 주고 간 이슬
그것이 대지의 큰 사랑이 될 줄이야
쟁 쟁 쟁, 짝짝꿍 짝짝꿍, 알알이 흐르는 잔젖을
천지 만물에 물리고 백일, 돌, 어린 계절을 키우며
빨갛게 타는 수확의 가을을 만든 자연의 어머니
언제나 한 방울의 자양이 되고 언제나 믿음의 한 톨이 된
빈 마음으로 빈 모습으로 뚝뚝 울기도 하는 이슬
이슬에게는 길은 없고 오직 흐르는 소멸일 뿐

이슬 2

이슬아 마알간 눈빛의 이슬아
내가 태어날 때
맑은 내 울음의 첫 눈물이었지

그 눈빛 속에 아롱진 햇빛은
내 심장이 타는 살빛이었지

이슬아 내 은혜의 이슬아
곰삭은 일생을 안개물로 빨고
나이테 한참 감아온 지금에는
주름 틈틈에 맑은 눈물로 고여 있지

하루 끝으로 세월을 만들며
저 멀리 가도
이슬아 낮 세상 밤 세상
다스리는 이슬아

봄, 여름, 가을, 겨울 같이 같이 놀며

방울 방울
빤짝이는 찬란한 내 이슬아

바람 이야기

엄마가 자장가 노래 부를 때
파르르 떠는 입술에서 흰 실 같은
바람이 일고 있었습니다

우리 아이 곱지, 우리 아이 곱지
쓰다듬는 엄마의 손에서도
바람은 따뜻하게 일고 있었습니다

자장자장 두드리며 품에 안고
거닐며 잠 재울 때 바람은
치마 속에서 시원하게 일고 있었습니다

엄마의 작은 바람은
엄마의 안에서 조용히 나부끼고 있었습니다

세상 바람은
너무 넓었습니다

창문에 세차게 퍼붓는 빗방울
멀리 보이는 땅 위의 모든 자연에게
바람은 그 곁에 머물고
엄마같이 자장가를 불러주고 있었습니다

엄마에게 멈추고 부는 작은 바람
해와 달빛 속에서 멈추고 크게 부는 바람

너의 얼굴 나의 얼굴 어루만지고
사랑의 새끼바람 씨앗 뿌리며
온 천지에 불고 있었습니다

낙엽이 질 때

노오란 은행잎이 질 때
밟히는 발끝에 노오란 울음이 속삭인다

빨간 단풍잎이 질 때
밟히는 발끝에 빠알간 울음이 속삭인다

은행나무가 우는 것은
노오란 슬픔이 넘쳐서 우는 거다

단풍나무가 우는 것은
세상을 빨갛게 타게 한
못 버린 버릇 때문에 우는 거다

많은 나뭇잎이 질 때
빨갛게 울어도
노오랗게 울어도
하늘은 그대로 푸르고
산은 그대로 말이 없다

노오란 내 인생이 오면
빨간 내 인생이 간다

제2부

자연과 소통하며 갈무리하는 삶

햇가마에 지글지글 타서
금가루 먹고
금살 꽃으로 피어난 해바라기

- 「해바라기」 중에서

옹달샘

산 속 깊이 숲 속 깊이 흙 속 깊이
한 방울 두 방울 모인 이슬을
꼭꼭 짜서 물 울타리 만들고
끝없는 운명을 짊어진 옹달샘

냄새도 맛도 없고 색깔도 향기도 없는
신선한 생명의 긴 줄기

언제나 똑같은 말소리
언제나 똑같은 자장가
사투리 없는 소리꾼 어머니
금모래 폴폴 토하며 계시나 보다

낮에는 해와 구름을 데리고
하루 종일 색 그림 그리고

밤에는 달과 별을 데리고
캄캄한 밤 먹물 풀어

달님 별님 빠뜨리고
은빛 갈대 꺾어 수묵화 그리는
옹달샘의 밤 공부

하늘 멀리 땅길 멀리 바라보며
일상의 노래 일상의 그림만 그려서
시냇물로 강물로 흘려보내는
보이지 않는 물색지 뜨지 않는 물색지

몽당돌

돌 중에서도
왜 몽당돌이 되었나

모나지 않게
둥글둥글 살고 싶어서

물고기 고운 얼굴
뽀뽀하고 싶어서

환하게 웃는
강물 속의

세상 밝히는
달이 되고 싶어서

그래서
몽당 몽당
몽당돌이 되었지

해바라기

푸른 하늘에 떠서
해 따라 돌아가는 해바라기

햇가마에 지글지글 타서
금가루 먹고
금살 꽃으로 피어난 해바라기

은구름 비바람에 담금질하고
금접시 만들며
금 씨앗 가득 채우고는
해 뜸질에 더욱 노오란 해바라기

온 천지에 속삭이는 낙엽에
그래도 쓸쓸하여
가을 하늘에 얼굴을 부비며 지는
황금의 낙엽 해바라기

바다

수평선 너머 끝 바다는
흰 나이테를 만들어 보낸다

끝없이 밀려오는 수많은 나이테는
모랫벌에서 부서진다

부서지는 나이테마다
물방울이 다닥다닥
붙었다 떨어진다

돌개바람을 일으키는 짠 바람이
바다를 허虛하게 몸부림치게 하고
쿨럭쿨럭 쇠한 노인을 닮아가고 있다

늙은 나이테도 젊은 나이테도
같은 나이의 무게를 만들며 보내는 바다

죽은 시간이 쌓이는 나이테에

새 나이테는 거듭 와서 부서져도
모랫벌 바다에는 묘지가 없다

숲

숲이 되기까지 내 푸르름은
세 번째로 태어났지

첫번째 인연은 내 씨앗을
촉촉이 젖게 한 이슬이구

두 번째 준 정은
내 몸을 땅속 깊이 끌어들인
따슨 은혜의 흙이었지

첫 번째 이슬은
습기가 되고 비가 되고

두 번째 흙은
언 땅, 굳은 땅 풀고 풀어
하늘 속에 푸른 바람의 알을 싹트게 하여
큰 숲, 작은 숲, 꽃 숲이 되었단다

나도 사람이 되기까지
세 번째로 태어났지

첫 번째는 하늘의 섭리로
우주가 맺어준 맑은 빛의 영혼이구

두 번째는 열 달 고이 품은
엄마의 뱃속 사랑이구

그래서 나는 세상 밖으로 나와
한 뼈, 두 뼈, 뼈 기둥을 엮으며
아빠 살 엄마 살이 모여
세 번째로 신비한 기적이 된
숲이지, 사람이지, 자연이지

산에 가면

산 속에 누워서 하늘 속을 보면
보이지 않는 길이 너무나 많다

이 꽃 저 꽃에서
이 향기 저 향기 흐르는 길이

새들이 푸른 물 노래 찍으며
골짜기마다 복습하는 길이

임금 왕자 등에 찍은 벌들이
엄마 땀 아빠 땀 꽃꿀 채워 가는 길이

나비들이 이쁜 색동무늬 날개를
폈다 접었다 진종일 빛 고운 길이

산 샘이 쉬지 않고 말더듬이 하다가
쫑알쫑알 샘숨 트고 말을 하는 길이

반딧불은 밤삭은 불빛 달고
밤 별과 고즈넉히 글빛 밝히는 길이

바람은 바위에 푸른 이끼 키우고
나의 주름진 얼굴도 쓰다듬고 가는 길이

산에 가면 하늘 속에 큰 길 작은 길
보이지 않는 길이 너무나 많다

모두가 사는 길이 모두가 죽어가는 길이
사랑으로 분주한 길이 너무너무 많다

낙엽의 신음

낙엽이 흐느끼며 떨어질 때
무어라 속삭이는지 아니

엄마 품에서 떨어지는
아쉬움이 무척 겹다고

낙엽이 흐느끼며 떨어질 때
온몸을 왜 하늘에 날리는지 아니

가지 가지마다 새긴 한 세월의
고운 꽃 열매 정겨워서

낙엽이 흐느끼며 떨어질 때
왜 피투성이로 신음하는지 아니

엄마의 큰 사랑 아빠의 곧은 정
못다 베푼 속병 속 타서

낙엽이 흐느끼며 떨어질 때
주소 없는 가는 곳 어딘지 아니

꿈꾸는 깊은 곳 하늘 속 바람 끝
신선한 천기天氣 머물고 있는 곳

낙엽이 흐느끼며 떨어질 때
남기고 싶은 한마디 말이 있니

아무것도 없는 양손으로 하늘을 짜면
푸른 물 뚝뚝 떨어지는 마음의 고요

돌 하나

혼자서 살고 있는 돌의 한 몸
꼭 사람의 마음과 같다

물무늬에 살갗이 주름지고
햇볕에 몸을 달구는
꼭 한 사람의 몸과 같다

박힌 대로 그대로 있어야 하고
굴러 내리면 으깨진 모습되어
안으로 어둡게 울고 있는
돌의 아픔은 사람과 같다

갈숲 바람에도 묵묵하고
눈비 번개에도 제 모습대로
눈물을 보이지 않는 돌은
한 세상 살고 간 옛 어른과 같다

돌은 혼자서 내일에 산다

사람은 내일에 기약 없지만
말 못 하는 돌은 내일에 산다

하늘

하늘이 물 푸른 비낀 얼굴로 찾아올 때
늘 햇볕을 데리고 오듯이
내 가슴이 밝은 마음으로 열릴 때
환한 웃음의 기쁨을 데리고 옵니다

밤 하늘이 별 천지를 만들며 찾아올 때
보름달이 쏟아낸 이슬을 데리고 오듯이
내 가슴이 고인 눈물로 열릴 때
흑흑 흐느끼는 슬픔을 데리고 옵니다

하늘이 햇볕에 타고
밤하늘이 달빛에 타고
내 가슴이 세월에 탈 때

천지간에 풋 익은 사랑을 달래주는
사랑이 익는 불타는 소리가 들리고

별똥별이 밤하늘 속으로 사라지는

별들이 죽어가는 슬픈 이야기도

한 이야기 두 이야기 아쉬웁게
허허로운 하늘 속 누군가
별 별 틈으로 들려줍니다

해와 달이 썩은 세월에, 맑은 세월에
슬픔 반 기쁨 반씩 채우고
햇볕으로 하늘을 닦고 달빛으로 밤을 닦으며
늘 오고 늘 어디로 갑니다

잠자리

등줄기에 빨간 물을 들이고
가을 단풍 속에 날고 있는 잠자리

하늘과 땅 사이
수평으로 공중에 떠 있다

초여름 만났던
새끼 잠자리, 왕잠자리, 고추 잠자리 다 가고
몇 마리 남아
서로 하늘 속을 스치며 말을 한다

이제껏 죽지 않고 살아왔는데
추위에 날갯죽지를 햇볕에 편다

산마다, 들마다, 숲마다, 강마다
살려달라는 아우성이
하늘과 땅에 가득 찬다

사람의 일생 중 한 일 년쯤만
살아도 고맙겠는데
우리 세상은 너무 짧구나
공중에 떠 있는 잠자리들의 속시름

며칠 후 창밖에는
잠자리 없는 마른 단풍의 울부짖음

손 시린 노을이 하늘 끝을 태우는데
어디 갔다 지금 왔는가
시꺼멓게 추위에 탄 잠자리 한 마리

창문에 붙어 꼼짝 않는다
안개 불빛 속에 어두움은 잠자리를 지우고 있었다

매미들의 말씀

땅속에서 여섯 해 만에
이 세상에 나왔습니다

처음 본 세상은 너무 좋았습니다
꽃이, 숲이, 산이, 강이, 푸른 들이
나비와 벌과 새들이 노래하는
푸른 하늘이 타는 노을이 그렇게 좋았습니다

너무 좋은 이 세상 참 좋아라
이런 세상에 사는 모든 만물은
얼마나 행복에 겨우며 살까

맴 맴 맴 이 세상에 와서
부르는 나의 노래 너무 기뻐요

밤이면 별들이 웃어주고
달님이 물안개 묻은 날개 펴주는
이 세상 밤은 옛 내 땅속보다

즐거운 생명으로 넘칩니다

고마운 이 세상에 찾아와서
십여 일 동안 목청껏 노래하고
행복했지만 너무 행복했지만
가야 하는 우주의 섭리를 어찌할까

매미들은 맴 맴 맴
짧은 유언만 남기고
오랜 시름의 흙 속으로
조용히 돌아가고 있었습니다

귀뚜라미

밤늦게 내 집 찾아온 귀뚜라미
목소리 섬섬히 곱게 노래하네

배고픈지 안 고픈지 물만 마시고
누구를 찾는가 누구를 기다리는가
노래만 하네 울기만 하네

집 밖에 있던 귀뚜라미
노래 듣고 울음 듣고 찾아와서
함께 노래 부르네 목청 터지네

흥겨워서 그런가 애달파서 그런가
또 같이 울고 또 같이 노래 부르며
저무는 가을을 애끓게 달래네

산이 춥고 나무숲이 춥고 강이 찬데
가을아 빨리 가지 말라고
겨울아 빨리 오지 말라고

세월을 달래는 귀뚜라미 노래

어느 날 갑자기
뚝 끊은 노래 뚝 끊은 울음

귀뚜라미 없는 내 집 텅 비고
노래로 세상을 산 귀뚜라미 찾아
하얀 첫눈 맞으며 산하를 헤매네

벌

볼펜이 찍은 한 점 잉크만 한
심장을 똑딱이며
십 리도, 이십 리도 꽃을 찾아
꿀을 퍼 나르는 벌들의 천성天性

꽃이라는 꽃 산 끝까지
숲이라는 숲 강 끝까지
그 작은 머리 속에는
새끼 먹이 있는 곳은 어디든지
꽃분 바르고 윙윙 즐겁게 노래하며 오간다

호랑이 주름 조끼 입고
호랑이 성질을 닮아
집 열 채, 집 백 채 짓고

새끼 열 마리, 새끼 백 마리 키우고도
지칠 줄 모르는 사랑의 작은 목숨

누구도 가르치지 않았는데
여왕벌 모시고 외적外敵이 오면
하나로 뭉쳐서 토종 전쟁을 하는
순수한 가족의 파수꾼이여

죄수罪囚 파리

무슨 죄가 있다고
앞발로 세수하고 뒷발로 날개 다듬고
하루 종일 손발이 닳도록 빌고만 있는가

사람이 좋아 밥상에도 앉고
코와 눈과 머리에도 앉아서
입술에도 쪽쪽 입맞춤하는
사람 찾아 함께 노는 작은 친구

하루 밥풀 몇 알이면 먹고사는데
하루 물 몇 방울이면 사는데

사람들은 약 뿌리고 뜰채로 때리고
끈끈이로 죽이기 하네

찌 한 번 찍고 찌 두 번 찍고
하늘 속 날면 잠자리 새 낚아채어
먹이 되는 목숨

그래도 오랜 인연의 사람이 좋아
사람 곁에서 사람 닮아가는 파리

집 비우고 먼 여행 갔다 와도
집 지켜주는 고마운 사랑

사람이 좋아 사람과 친해 온 죄밖에 없다
검은 수의를 입고 가는 곳곳
빌고 다니는 꼬마 죄수罪囚 파리

눈 오는 날

눈 내린 들은 한참 바쁩니다
참새도 까치고 때까치도
자연스럽게 글을 쓰며 바쁩니다

눈 위에 ㄱ, ㄴ, ㄷ, ㄹ을 닮은
나뭇가지 꺾은 그런 글을 씁니다

노래인지 울음인지
찍찍쨀쨀 시끄럽게 떠들며
늘 먹이 주던 들에 모여서
밥 달라고 밥 달라고 글을 씁니다

눈 내린 하얀 들은
발자국이 자꾸 모여
하얀 글이 제멋대로 새겨집니다

먹이 주고 한참 후에 가보면
눈 위에 고맙다는 글씨만

잔뜩 써놓고
귀여운 큰 새도 작은 새도
모습은 보이지 않습니다

내 집에 찾아온 손님은
눈 오면 또 오겠지요

제3부

우주의 울림에 사랑의 참빛은 빛나고

하늘 끝에 바람은 늘
쉬었다 간다
끝만 있는 하늘 속
어디로 가도 끝밖에 없다

-「바람의 집」 중에서

바람의 집

하늘 끝에 바람은 늘
쉬었다 간다

끝만 있는 하늘 속
어디로 가도 끝밖에 없다

바람의 집이 그 끝이다
그 둥지에서 일을 찾아
앞만 보고 달리는 바람

후회 없는 뒤는 돌아보지 않고
내일이 차 있는 곳으로 달린다

참새, 까치, 소쩍새, 뻐꾸기
귀여운 노래 만드는 바람

쓰르라미, 매미, 귀뚜라미
쓸쓸한 노래 만드는 바람

큰 산 숲 소리 긴 강 거친 소리
온갖 짐승 울음 만 가지 소리 내며

하늘 속 둥지에서 참 많이 키우는
바람의 가족

밤이면 별 하나 별 둘
둥지에 담고

보름달 반달 그믐달이
새집 꾸며놓은 집 떠난다

너덜너덜 빛바랜 비닐 옷으로
좋은 일 나쁜 일 살피며
멀고 먼 일터로 달려가는 바람

산의 침묵

번개 불기둥에 지짐을 당하고
난타 또 난타 당하고

태풍 칼바람이
핥고 찢고

물벼락 폭설에도 수혈을 받아
몸속을 따뜻하게 데워온
산의 고달픈 일상

숲이 숱한 뿌리로 산 살갗을 뚫어
하루하루 햇노을 나이테를 감으며
탯줄 없이 잉태한 돌 애기를 낳는다

아래로 아래로 구르며
이곳저곳에 처박힌
돌 애기들은 모두 이름이 없다

작은 애기 큰 애기 서로 모여
한 가족임을 보여주어도
큰 산 엄마는 아무 말이 없다

골짜기마다 양수 터진
맑은 물로 씻는 돌 애기들은
컥컥 또르륵 뒹굴며 운다

연연겹겹 아픔에 싸여
세상 참고 살아왔는데

산 밑 아래 양수천에는
조약돌, 몽당돌, 금모래밭

오랜 세월 지나 이제야
이름을 찾은 눈부신 새끼 돌들

해 뜨자 엄마산은

아침부터 진통하며
말없이 돌 애기를 또 낳고 있다

꽃의 품바 노래

꽃은 하늘 중심에서 산다
피는 곳마다 하늘 중심이다

색물 들인 조각조각 꽃술에
꽃분 단물 채우고

나비와 새와 벌
온갖 식구 맞이하는
즐거운 꽃, 꽃집

얇은 주둥이로 세상 이야기
꼭꼭 쪼아주고

고마운 음식 잔치에
맑은 웃음으로 인사하는
곤충들의 품바 노래

한 꽃대 한 나무에 피는

수많은 꽃은 거꾸로 피다가도

흐트러짐 없이 하늘로 향해
제 중심을 잡고 피는
품바품바 품바꽃

가을이 오고 겨울이 오면
한 해 동안 곤충과 만든 열매를
한 짐 두 짐 하늘 중심으로 돌려보낸다

모두가 가고 없는 하늘 중심은
빈 하늘로 가득 차 있다

새

새가 떴다
엄마가 가르쳐준 하늘 따라
층층으로 높이 새가 떴다

날개에 하늘이
묻어날 때마다
엄마가 만든 길이 보인다

먹이 씨앗이 풍요로운 길이
풀벌레 속울음 적시는 숲길이

음치 목소리 닦는 노랫길이
산 너머 강 건너 소풍 가는 길이

콩알만 한 심장을 똑딱이며
사랑을 볶는 애틋한 길이

툭툭 트여 있는 드넓은 하늘 길

하루에도 팔랑개비 제풀에 돌듯이
하늘길 가는……

삶의 연습을 되풀이하며
하늘 살림을 똑똑히 하는 새

언젠가 하늘 시간을 밟고 간
엄마의 하늘길 발자취

쨋쨋 애타게 찾아보아도
엄마의 모습은 보이지 않는다

떴다 새가 다시 떴다
슬픔만은 배워주지 않은
엄마의 한 세상 비밀이

처음으로 작은 가슴속에
파묻히며 고이고 있었다

호수湖水 1

샛강이 실개천이 옹달샘이
흐르다가 흐르다가

산줄기 칸막이에 막혀
넓은 한물이 되어 갇히고 말았다

그때부터 밤이면
달하고 별하고 어둠하고 놀았다

그때부터 낮이면
해하고 구름하고 산하고 놀았다

달은 먼 곳의 별까지 데려와서
흠뻑 빠져 금빛 때를 벗기며 놀고

어두움이 캄캄한 먹물로
밤새껏 흙탕칠해도

새벽이면 맑은 제 모습을 되찾는
부활의 생활도 배웠다

해와 구름이 숨바꼭질하며
흩어진 구름들을 근심하는 하늘은
물안개 풀어 웃음으로 달래는
삶의 연습도 배웠다

달과 별과 어두움과
해와 구름과 산과
신나게 장난치며 놀아도

어쨌든 하늘만은 아직도
돌아오지 않는 구름이 걱정이다

호수 2

바람이 톳밥질을 하며 잔잔한 물귀를 세우고
실안개 풀어 쓰다듬으면

호수는 물주름 이랑을 갈며
단청 물감으로 물 파도친다

밤마다 깊이 빠져 빛나는
밝은 달, 몇천 몇만 별은

캄캄한 어둠으로 칠한 흔적을
총총한 맑은 눈빛 지우개로
밤 내내 시커먼 밤을 지우고 있다

낮에는 산도 숲도 하늘도 구름도
모두 빠져 허우적거리면

바람가시에 찔리고 찔린 천연색
핏물 주름살을 햇붓으로 씻어내어

다시 촘촘히 그려내는 멋진 환쟁이

물이랑 갈며 물그림 그리며
앞바람으로 뒷바람으로
부비며 뒹굴며 서로 달구는 바람과 호수

이따금 산새 노래 풀벌레 노래
물 위에 고음 저음 찍고 흐르는 타령에

자기들 말소리, 자기들 꿈소리 모두 모아
회오리치는 참사랑 세상을 만들고 있다

모래알 이야기

햇볕이 물그늘을 수없이 만드는
물속에서 모래알들이
빛 비늘을 반짝이고 있습니다

금싸락 웃음을 보였다가
제 몸무게만 한 하늬춤 추다가
뒤척이고 꼬꾸라지고 깨어지고

슬픔도 기쁨도 외로움도 삭이며
빗물 따라 실개천 따라 강물 따라
작게 섬섬히 쪼개져 흘러온 모래알들

옛, 옛날
눈 덮인 큰 산맥이었지
파도 치는 바닷가 산맥이었지

지구 한쪽을 언제나 해 질 때까지
커다란 그림자로 가리워주었지

큰 산 그림자 작은 산 그림자로
꽃 피고 새 울고, 나무와 숲을 키우고
세월 따라 흐른 한 세상

모래알들이 서로 부비며 물속에서
황금 알갱이로 빛나고 있습니다

그 뒤안에는 모래알만 한
슬픈 그림자를 데리고 삽니다

단풍나무

금붕어 떼들이 비단 붕어 떼들이
하늘 속을 헤엄치며 떨어진다

봄, 여름, 가을
단풍나무는 만 가지 색 빛을 빨아 먹고
가지마다 키운 수많은 색 붕어들을
한 마리 두 마리 떼어낸다

쏴아쏴아 바람이 세차게 불면
버끔버끔 눈망울을 크게 뜨고
파닥파닥 땅에 우수수 수없이
떨어져 보채며 아우성친다

밤새껏 부르는 노래
가랑가랑 카랑잎 노래

그래도 한 세상 지켜준
어머니 단풍나무 밑에 모여서

이색 저색 골라 입혀주던
어머니 품에
썩어가는 색살을 바치는 붕어 떼들

하늘 숨 맞닿은 나무 꼭대기에
그믐달 큰 현弦을 걸어놓고

저문 이 가을에
금붕어 비단 붕어
강물이 그리운
노래를 켜고 있다

시계時計의 하루

언제나 보는 얼굴이다
한 번도 못 본 찡그린 얼굴
똑딱똑딱 숨소리는 늘 같다

천지간 푸르름에 갇혀 있는
햇볕을 뒤지며
달빛을 뒤지며

하루 종일 초침 사이로
슬픔이 드나들고
기쁨이 드나든다

돌 하나에도 한 방울의 이슬에도
젖어 있는 사랑의 하루하루

작은 목숨에서 큰 목숨까지
사랑의 세월을 가득 담고
똑딱똑딱 스물네 개의 꽃잎은

빛으로 가꾸고 어두움으로 진다

먼 우주의 저쪽 이야기를
지구 이쪽 이야기를
어제와 오늘과 내일에 엮어

세월의 역사를 만드는 시계의 하루는
죽음의 세상 눈물을 매일 먹고
찬란한 새 탄생을 기뻐하며
똑딱똑딱 혼자서 살고 있다

독의 독백獨白

토담 흙더미 위에 얼굴 내민
산비 맞고 있는 입 벌린 독

한쪽 얼굴이 바스라진 채
할머니 손맛에 익은 된장
간 든 아픔으로 속 채우고

비 오고 눈 오면 뚜껑 덮어
가슴 데워주던 산색시
어느 하늘 아래 지금도
분홍 얼굴로 분분히 살고 있을까

엄마 싸리비에 맞아
종아리 고춧물 들며 혼나던
돌멩이로 내 얼굴을 깬 개구쟁이
얼마나 컸을까 참 보고 싶구나

세월에 바랜 남은 한쪽 얼굴

흙분 바르고 눈분 바르고

푸른 하늘 간 맛에 황토 간 맛에
진간장 조선간장 그리움을 밴 채

산노을 고추장 버무린 햇재에 타며
바람도 구름도 오랜 친구 되어
하루 이야기 나누며 저물고 있다

내가 사는 세상

하늘과 땅 사이 이 세상에
일곱 가지 큰 꿈이 있다

해와 달과 별과 바람과
구름과 비와 눈이 만드는
아름다운 꿈이 있다

해는 제 배 안에서
햇살을 퍼내어
세상 구석구석 뒤지며
숨 쉬는 꿈의 지구를 만든다

달은 둥근 보름달로 비치다가
어두움에 깎이어 야윈 그믐달이 되어
세상의 모든 아픔을 같이하고
아들별 딸별 알 품은 어머니의
넓은 사랑의 꿈을 만든다

구름은 바람이 가라는 데로 가며
목마른 땅에 은혜의 비를 뿌리고

자연의 풍요를 온누리에
환희의 열매를 슭는
푸른 노동의 꿈을 만든다

이 모든 한 해의 꿈이 지나가고
꿈을 만드는 또 한 해가 올 때까지
흰 눈은 삶의 고마움에 감사하며
산과 강과 바다와 들에
하얀 꿈의 이불을 덮어준다

해님 달님 별님
바람아 구름아 비야 눈아
우주를 만드는 신비한 일곱 가지
꿈의 씨앗이 땅 사이 하늘 사이에 있다

춘하추동

내 한 살 때 나의 봄은 시작되었습니다
내 입은 말이 트이고
내 귀는 엄마의 자장가로 열리고
내 눈은 빛이 모여 만물이 보이고
내 손은 젖꼭지를 찾아 빨고
내 발은 아장아장 까치 걸음마 했지요
봄은 이렇게 한 생명을 만들며
나의 봄은 자욱한 아지랑이로 퍼져갔습니다

내 스무살 때 나의 여름은 시작되었습니다
좋은 말 나쁜 말 입속에 가득 차고
글글글이 귀 속에 드나들고
새파란 눈은 새파란 사랑을 뜨겁게 하고
돈돈돈에 내 손은 돈때 묻어 녹슬고
천지를 달린 내 발은 발바닥이 탔지요
여름은 이렇게 한 젊음을 만들며
나의 여름은 푸른 들 푸른 강이 되어갔습니다

내 마흔 살 때 나의 가을은 시작되었습니다
내 입은 말세상 창고가 되고
내 귀는 글세상 책세상 소리로 쌓이고
내 눈은 내 아내 내 아이의 이 세상 눈빛이 되었지요
내 손은 이 세상에 영근 모든 열매를 따고
내 발은 이곳저곳 다니며 세상을 다스렸지요
가을은 이렇게 한 세상을 만들며
나의 가을은 타는 단풍이 되어갔습니다

내 나이 육순일 때 나의 겨울은 시작되었습니다
주름투성이의 말만 내 입에 남고
글 찌꺼기로 내 귀는 안 들리고
사랑에 눈이 멀어 내 눈은 보이지 않고
이 세상 만들던 내 손은 피가 돌지 않고
봄, 여름, 가을, 겨울을 밟던 내 발은 굳어갔지요
겨울은 이렇게 병든 땅을 만들고
나의 겨울은 낙엽을 데리고 저물어가고 있었습니다

한라산의 겨울

흰눈 덮인 한라산에 젖꼭지 하나
거센 바람에도 젖물 줄줄 흩뿌린다

산정山頂의 젖꼭지는 왜 하나뿐인가
겨울에만 보이는 제주도 산山 젖꼭지

대륙에 있던 엄마의 두 젖꼭지는
하나만 대륙에 두고

또 하나의 젖꼭지는 한반도의 막내
외톨이 마라도가 너무 불쌍해서
겨울이면 젖 주려고
한라산에 큰 젖 들고 매년 온단다

흰 살결 보고 흰 젖무덤 보고
제주도 바다는 몸부림치지만

겨울 흰 눈 속의 한라산 젖꼭지는

해가 뜨든 달이 뜨든 언제나
젖을 물리고 있는 마라도의 은빛 겨울

백지의 노래

땀을 흘리며 조용한 명상 속에서
흰 종이는 제 몸에 혼불을 켜고
온몸 곳곳에 글을 잔뜩 쓴다

이슬이 아롱지는 신비한 빛의
꽃망울이 벙그는 찬란한 색깔의
사랑과 아픔의 한스런 넋의
전쟁과 평화의 지구 이야기를
종이는 제 몸 구석구석까지
고운 글과 미운 글을 쓴다

종이는 제 몸에 사진을 찍는다
제 뇌 속까지 제 심장 속까지
제 폐속까지 제 위 속까지
샅샅이 오관五官을 뒤지며 사진을 찍는다

지나간 과거와 현재와 미래를 만드는
종이는 제 몸을 비집고

찰칵찰칵 사진을 찍고
글을 쓴다

한 장의 백지에 세계가 살아난다
모든 사랑의 무게가
흰 종이의 뼈와 살을 파고
아름다움으로 살아난다

강가에서

밤 사이 어디서 이렇게
누가 물을 모아 왔을까

가득히 차 흐르는 강물
높고 낮은 산과 들에

꽃밭, 풀숲, 나무들까지
새 날고 구름 뜬 하늘까지

거꾸로 물속에 짙어지고
어딘가 달려가는 강물

어둠 속에 파묻힌 별들을
햇살 칠하며 파내고

바람 물무늬에 젖은
주름진 그믐달의 얼굴을 씻으며

뒤따라 가고 뒤따라 오며
조용히 제 노래를 재잘거리는 강물

어디에서 누가 넘치도록
이렇게 물을 모아 왔을까

강물은 심한 매질에 쫓기며
천지만물을 거꾸로
물속 깊이 짊어진 채

어딘가 설레이는 곳으로
가슴을 두드리며 찾아가고 있다

제4부

삶과 죽음 회상의 풍경은 아름다워라

웃는다 온 천지가 웃는다
죽고 죽어가는 어느곳에도
꽃은 웃음이 넘치며 꽃밭을 가꾼다

–「꽃밭」 중에서

꽃의 작업*

꽃은 웃저고리를 벗고
아랫치마를 수줍게 벗었다
알몸에 잔잔한 가을볕을 달래고
조용히 하늘 아래 핀 제 얼굴을
잠시 더듬어보았다

처음에 피었을 때 한숨 하나
섞이지 않은 이슬을
입술에 물고 피었다
다음에 피었을 때
얇은 한숨에 죽어가는
모든 말들이 섞인
이슬을 입술에 물고 피었다
그다음에 피었을 때
화약과 까소링이 섞인
이슬을 입술에 물고 피었다
지금에 핀 내 입술에는
원자原子의 바람이 섞인

이슬을 물고 이렇게 옷을 벗었다

맑은 핏줄에 굳을수록 노을빛 관冠을 쓰고
칼끝이 되어
무엇에 귀밝은 이슬을
더 벌거숭이 그대로 오고 올 순간에 불어 넣어야 할까를
땀을 뿌리며 생각하는 꽃
앞으로는 들 끝에 구름 닿은 머언 하늘에
이웃들이 생각하고 죽어간 말들을 이끌고
그것이 이슬되어 흐르는 찰빛한 이슬을
입술에 물고 피어야 할 것이다
불러라 꽃이여
무한한 생각이 섞인 이슬을
꽃이여 불러라

그것들은 머언 데서 오고 머언 곳에 있다
작업作業이다
무한無限을 세우는 작업이다 꽃이여

더 울자
속에서 또 속을 헤치고 고독 속에서도
더 멀고 더 맑은 깨끗한 고독을
꽃이여 기르자

이제는 제 뜻에 마음을 여미고 울어보는 꽃
제 숨결에 속에서 튀어나올 웃저고리와
아랫치마를 펼칠 날을 그려보고
다시 열중熱中하는 제 입김을 고요히 귀 기울이고 난 다음
꽃은 머언 작업에 서서 제 피곤을 거두고 있었다

*이 시는 1956년, 조지훈 추천 데뷔작이다.

갈대

휘어졌다가 꺾였다가
머리를 흔들며
다시 살아나는 갈대

모두 하늘로 향해 솟은
어린 붓대무리 어른 붓대무리

동쪽으로 머리를 흔들면
해돋이 바다 그려놓고

서쪽으로 머리를 흔들면
타는 노을 그려놓고

남쪽으로 머리를 흔들면
산과 숲과 강을 그려놓고

북쪽으로 머리를 흔들면
기러기 떼 울고 가는 하늘 그려놓고

부딪치며 몸부림치다가
쉴 날 없이 쓰러진 족대 일으키며
목 쉰 쇳소리 그 옛 창가 부르네

붓칠만 고집하는 버릇에
세월을 갈무리하며
하얗게 늙어가는 춤추는 갈대

꽃밭

꽃밭이 자꾸만 혼자서 웃는다
들에 꽃밭 산에 꽃밭

모든 만물이 죽어간 자리에
웃음으로 돌보는 만색의 꽃

제 무게와 제 키에 알맞게
가냘픈 꽃모가지 강인하게 세우고
꽃망울 빽빽 터지는 살덩이

그것은 꽃 관冠을 쓴 승리의 꽃무리
그것은 사랑으로 채워진 꽃무덤
그것은 웃음으로 부활한 꽃노동

웃는다 온 천지가 웃는다
죽고 죽어가는 어느곳에도
꽃은 웃음이 넘치며 꽃밭을 가꾼다

물방울

하늘 속 깊은 곳 우주의 태궁胎宮에서
안개살 세포가 모여 떨어지는 물방울

처음부터 물방울 속에는
네모진 돌이 들어 있었다

그 돌은 움직이었다

기다림 그리움 외로움을 씻으며
말없이 움직이고 있었다

그럴수록 돌은 한 인자를 싹 틔우며
작은 생명으로 커가고 있었다

어두운 밤을 벗어버리고
새벽녘 온몸을 어루만지는
한 샘의 물방울로 이루어지고 있었다

그러던 어느 날 그 물방울은
이제껏 내 속에 잠자던
기다림 그리움 외로움을
말하는 소리로 살아났다

머언 시작의 우주의 태궁에서
땅으로 떨어진 그때부터
내 머릿속의 네모진 돌이 풀리고 있었다

능금

과목果木에 달린 하늘사랑으로
빨갛게 익은 능금

원초 사람이 따 먹은 뒤
사람들은 능금의 독에 취하고 말았다

울음과 아픔이 시작되었다
살인과 파괴가 시작되었다
죄인이 들끓는 세상이 되고 말았다

먹어서는 안 되는 하나님의 능금
사람들이 저지른 자책의 죄
능금은 안쓰러워 사과보다 작게 자라며
생빛깔로 곱다

사람이 만든 착한 일 나쁜 일
아이 낳는 산고産苦에 이르기까지
헤아리며 울먹이는 능금

모르고 산 하느님이 가르친 진실을
쾌감의 층층만 쌓은 눈물의 세상 계단

말이 없다 사람들은 말이 없다
능금에게 죄 사하고 능금나무에 꽃 바치는
죄 세상 이제야 알게 된 사람들

부부夫婦

오랜 세월 비 눈 맞고 마른
소나무 한 쪽
세월 풀어 참고 살아온
참나무 한 쪽

서로 얼굴을 맞대면
눈물의 소나무 눈물의 참나무

주름끼리 부풀어
눈물로 파인
시름으로 말라 있는 한 쪽, 한 쪽

소나무 꽃순이
참나무 도토리

그래도 피고 영그는 사랑에
얼굴이 환한 두 나무

멀고 먼 갈 길 남겨놓고
소나무 한 쪽은 금강송
참나무 한 쪽은 참숯

거미줄 한숨을 털어내며
노 부부는 얼굴 맞대고 곱게 산다

솟대

하늘 속에 높이 앉아 있다
같은 새도 놀러 오지 않는다

뛰는 심장이 없기 때문에
맥박이 뛰지 않기 때문에
하늘 나비 청설모도 오지 않는다

바람에 심하게 떨릴 때마다
숨소리 들린다
더듬 더듬이 소리 들린다

검정 고무신 흰 고무신
몇 켤레
크고 작은 항아리 몇 개
푹 삭은 초가지붕 내려다보며

하얀 수염 할아버지
쭈꾸리 할머니 집 지켜주며

무병장수 하늘에 비는
애원하는 맑은 숨소리 들린다

피가 고루 고루 돌지 않아
날개가 펴지지 않아

오래 오래 까뭇까뭇한 속속 까며
망망한 하늘 향해 우는 벙어리 새

물그릇

새 물그릇 고양이 물그릇
개 물그릇 꽃분 그릇에

물 주고 늦게 와 보면

무당벌레 쓰르라미 쉬파리
나비 벌 귀뚜라미 잠자리
빠져 죽고 난 다음부터

그릇마다 물 위에
쇠풀 덤불 긴 잡풀 뜯어
사방 엮어 놓은 다음부터

곤충들은 빠진 물그릇에서
잎줄 타고 긴 풀 타고
모두 살아나고 있었다

목마를까 봐 준 물이

죽음의 물이 된 그때부터
하루 몇 번씩 물그릇에 손길이 가는
작은 목숨의 초록빛 기쁨

한 생명이 줄기 타고 산 다음부터
풀과 나는 사랑의 줄로 엮어 있었다

비 내리는 서울길

고속버스 창밖에는 새벽부터
비는 줄기차게 내리고 있었다

친구 부인의
장례식에 가는 길

가뭄에 농부들이 속이 확확 탈 때
단양에서 서울까지 단비는
계속 내리고 있었다

오랜세월 섭섭한 말 한마디 없이
늘 웃음으로 대해 주던 친구 부인이
은혜의 비를 이렇게 주고 가는가 보다

한쪽 쭉지가 상한 친구는
손님맞이에 한창인데

빗물에 젖은 우산은 구석구석

제멋대로 흩어져 있었다

저녁 늦게 돌아오는
고속버스 창밖에는 아침과 다름없이
비는 주룩주룩 내리고 있었다

아들과 딸 남편을 달래는
속 깊은 사랑의 비었다

가는 비 오는 비 내리는 빗속에
친구의 얼굴이 얼비치고 있었다

남산에서

남산 아래 필동 1가에는
우리 집이 있었다

동쪽 산자락 필동 3가에는
내가 다니던 대학이 있었다

남산 중심 골짜기 밑에는
'돌체' 음악 감상실
막걸리 집 '쌍과부집'

문인, 화가, 연극쟁이, 평론가
신문기자들이 모여 저마다
제 목소리 내던
우리들의 쉼터 명동이 있었다

'은성' 술집에는 조지훈, 서정주,
김동리, 김용호, 양주동, 황순원, 박기원,
원로 문인들이

술에 취해 남산 보고 소리치면
남산의 소나무들은 일제히
몸을 흔들며 화답하던 곳

이제 눈 씻고 살펴보아도
그때 그 사람은 보이지 않는다
박인환과 이봉래와 함께

남산에 앉아서 아쉬움에 겨워
흐른 세월을 어루만진다

멀리 공초 오상순의
담배굴뚝이 뻐끔뻐끔 피어오른다

장회나루

진노랑 진붉은 진물감으로
구담봉龜潭峰 옥순봉玉筍峰 산첩첩을
더덕더덕 색칠하며 산 넘어가는
장회나루의 불수레 햇덩이

몇천 세월이 몇만 세월이
돌껍데기 겹겹 수없이 벗기며
등 큰 거북 알몸을 만들고

수천 노을이 수억 노을이
색구름 꽃샘 비를 뿌려
돌구슬 죽순 층층으로
물안개 감고 쑥쑥 키운
장회나루의 천기 먹은 두 뫼

장회나루에 어두움이 깊으면
돌거북 돌죽순 간 곳이 없어

강가의 외로운 두향*새만이
옥순봉 구담봉 찾으며 운다

*두향은 단양의 한 전설의 여인.

소백산 할미꽃

소백산 죽령 산자락에서
고개 숙인 할미꽃 몇 그루 앉아 있다

어릴 때 할머니의
그 모습 그 얼굴

버선 쪽두리 쓰고 진붉은 연지 바르고
내 손자 내 손녀 뺨이 닳도록 부비던
내 할머니 소백산에 앉아 있다

평생 사랑의 불꽃 지우지 않고
평생 정 붙은 뿌리 샘 씻어 내리고
북쪽 고향 떠나 오랜 피난길 단양에
내 할머니 지금 나보고 환히 웃으신다

할머니 가신 지 칠십 년 세월
이 산 저 산에 피었던 산 할미꽃도
숱한 세월따라 돌아가셨단다

새벽이면 이슬비 눈물 흘리며
무슨 죄가 있다고 항상 고개 숙이고
해돋이 산문 열고 절하고 있는가

등산길 그냥 지나갈 수 없어서
할미꽃 문안 드리며 같이 앉아서
가슴 쓰다듬는 소백산 아침길

석불石佛

오랜 세월에 닫힌 바위 속에서
말소리 들리네

불경 읽는 소리 목탁 두드리는 소리
바위 뚫고 물 흐르듯 들리네

들숲이 산이 강이
모든 짐승과 곤충이
스스럼없이 살고 있는 이치도
바위는 자연이라 말하네

가슴속은 언제나 맑은 샘물
생각은 언제나 빈 뜻
바위는 가르치고 담고 계시네

돌문 열고 들어가면
안으로 가득 차 있는 숨소리
자비와 사랑으로 넉넉하네

막사발 2

푸른 하늘 뚜껑을 열고 날아오는
비행기 두 대
월악산 툇바위에 톺아오르며
북쪽으로 길을 닦으며 가고

꽃술에 꽁침을 놓고
꽃단물 빨던 왕벌은
윙윙 천 갈래 나래깃에
꽃숲이 황홀하다

어디로 갔다가 다시 돌아오는
비행기 두 대
단양 하늘이 찡찡 찢어진다

고추 모를 추스르던 아내의 웃음이
햇볕에 갈기갈기 함께 끓는다

밥상에 물이 가득 찬

하얀 막사발
비행기 소리에 놀라
물을 찾아온 왕벌
졸음 찬 참잠을 깬다

비행기는 오고가며 시끄러운
소백산의 한낮
막사발 속에 빠진 구름이
어머니의 한처럼 풀어진다

비행기는 낯설게 가고
조용한 정적이
막사발과 함께 나와 앉아 있다

열한 마리의 개

내 집 뒷뜰 밭자락에 같이 살다 간
열한 곳 개무덤이 있다

정 붙이고 같이 놀던 귀엽던 멍멍이들
죽어서도 한곳에 모여 같이 산다

갑순아 차돌아 빤짝아 예쁜아
춘자야 딸랑아 깜둥아 먹돌아
엄지야 마이클 제리야

한 마리씩 내 품에서 떠날 때마다
남는 것은 수북히 쌓인 얼룩진 소주병

한 이랑 한 이랑 한 줄로 묻은 무덤 옆
콩 고구마 옥수수 심으면 어디선가
멍멍 짖으며 달려오는 흔드는 꼬리
삼삼하다 그 애틋함 삼삼하다

가을이 되어 고구마를 캐 보면
열한 마리의 흙 묻은 고구마 얼굴이 반기고

콩 껍데기 벗겨 쌓인 콩알 속에서
열한 마리의 순진한 눈알이 구른다

추운 겨울이 오기 전에 가을비에 젖는
잠자는 열한 마리의 무덤에
옥수수대 모은 이불을 덮어준다

저 노을이 질 때마다
한 마리씩 안고 데리고 갔듯이
발 밑에 노오랗게 물드는 풀잎과 함께
나도 언젠가는 저 노을이 데리고 가겠지

시인의 내면에서 숙성시켜
새로움으로 증류해 낸 자연관

유창섭 시인

신기선 시인께서 전화를 해왔다. 시집『바람의 집』을 출간하려고 하니 말미에 그 해설을 써주면 좋겠다는 말씀이었다. 마침 시집을 내게 되었다 하며 이 시집에 대한 해설을 부탁하시는데 어찌 다른 말이 필요할 것인가. 다만 이 대선배 시인의 뜻과 의미를 제대로 간파해 낼 수 있는 것인지 염려스러울 뿐이다.

필자에겐 대선배 시인이고 같은 충북 소백산 아래 몸 담아 살고 있어, 2000년경부터 거의 10여 년 동안 문학적 사우를 나누고 선배 시인의 담론을 전해 받는 사이라고 할 수 있다.

언젠가 필자와의 관계에서 커다란 오해가 있었다. '건방진' 필자의 거센 항의를 받고 그 자리에서 사과를 하는 신 시인의 진솔한 표정을 본 적이 있다. 그래서인지 나에게 비친 신기선 시인은 담대하고 겸손하며 솔직하고 매우 예절이 바른 분으로 각인되어 있다. 대선배라고 군림하려 하지도 않고, 다른 사람에 대한 배려가 몸에 익은 신사라고 할 수 있다. 또 미남형인 그의 얼굴과 순수한 표정은 젊은 시절 패나 인기 있는 젊음을 누리고 살았을 것만 같다.

신기선 시인은 이 지역에서 생활하면서도 '소백의 사람들'이라
는 예술인 모임을 이끌고 많은 문인들과 교류를 하며 지낸다. 어
디를 가도 자신의 주머니에 손이 먼저 들어가는, 그래서 후배들
위에 군림하지 않고 먼저 베풀어 남에게 폐를 끼치지 않으려는 습
관이 몸에 배어 있다.

서울에서 살며 몇 년 전에 작고한 신상옥 영화감독과 영화에
관련된 일을 하며 기획 부분을 책임지던 습관이었을까? 그의 삶
에는 타인을 배려하고 동등하게 배려하는 습관이 배어 있다.

아직도 시에 대한 열정을 모으고 시를 창작하며 사색하고 많은
나이에도 시집을 발간하는 이러한 삶이 신 시인의 노년 삶의 한
부분으로 투영되어 있음을 시집에서도 느끼게 된다.

이 지역을 오가는 시인들과도 만나고 오래된 원로 시인들과도
끊임없이 교류하면서 그는 시의 끈을 놓지 않고 자신이 추구하는
가치와 인식의 바탕을 천착하면서 꾸준히 창작에 매달려 살아온
셈이다.

그런 그의 시는 담백하다. 투명하고도 맑다. 어찌보면 천진스럽
게만 느껴질 법한 소재를 50년이 넘게 자신의 내면에서 숙성시켜
새로움으로 증류해 낸다. 그러한 자연의 모습이 시를 순수하고
투명하게 만든다.

그의 초창기의 시 한 편을 사색의 숲에 올려 읽어본다.

꽃은 웃저고리를 벗고
아랫치마를 수줍게 벗었다
알몸에 잔잔한 가을볕을 달래고

조용히 하늘 아래 핀 제 얼굴을
잠시 더듬어보았다

처음에 피었을 때 한숨 하나
섞이지 않은 이슬을
입술에 물고 피었다
다음에 피었을 때
얇은 한숨에 죽어가는
모든 말들이 섞인
이슬을 입술에 물고 피었다
그다음에 피었을 때
화약과 까소링이 섞인
이슬을 입술에 물고 피었다
지금에 핀 내 입술에는
원자原子의 바람이 섞인
이슬을 물고 이렇게 옷을 벗었다

맑은 핏줄에 굳을수록 노을빛 관冠을 쓰고
칼끝이 되어
무엇에 귀밝은 이슬을
더 벌거숭이 그대로 오고 올 순간에 불어 넣어야 할까를
땀을 뿌리며 생각하는 꽃
앞으로 들 끝에 구름 닿은 머언 하늘에
이웃들이 생각하고 죽어간 말들을 이끌고

그것이 이슬되어 흐르는 찰빛한 이슬을
입술에 물고 피어야 할 것이다
불러라 꽃이여
무한한 생각이 섞인 이슬을
꽃이여 불러라

그것들은 머언 데서 오고 머언 곳에 있다
작업作業이다
무한無限을 세우는 작업이다 꽃이여

더 울자
속에서 또 속을 헤치고 고독 속에서도
더 멀고 더 맑은 깨끗한 고독을
꽃이여 기르자

이제는 제 뜻에 마음을 여미고 울어보는 꽃
제 숨결에 속에서 튀어나올 웃저고리와
아랫치마를 펼칠 날을 그려보고
다시 열중熱中하는 제 입김을 고요히 귀 기울이고 난 다음
꽃은 머언 작업에 서서 제 피곤을 거두고 있었다

—「꽃의 작업」 전문

　지금부터 54년 전 시퍼렇게 젊은 24세 때, 조지훈 선생의 추천
을 받아『문학예술』로 등단하게 된 작품이다.

이때 신 시인은 이슬 이미지로 천진무구한 맑음과 원죄가 없는 한숨 하나 섞이지 않은 태초의 모습을 형상화시키고 점차 그다음의 단계로 "한숨에 죽어가는/ 모든 말들이 섞인/ 이슬"과 다음에는 "화약과 까소링 섞인/ 이슬"로, 그 다음에는 "원자原子의 바람이 섞인/ 이슬"로 점증시키면서 긴장감을 높여가고 있다. "이슬"의 이미지를 사용하여 점차 이성적이고 지성적인 젊음이라는 것이 사악하고 파괴적인 것으로, 이기적인 것으로 변모하는 것을 존재에 투영하는 내용으로 시를 쓴 것이다.

이러한 심상의 바탕에는 신 시인의 동화적童畵的 투시력이 시의 전면에 나타나는 독보적인 경지를 보여준다. 그래서 그의 시가 순수하고 투명함을 유지하면서도 철학적인 의미를 드러내어 깊은 의미를 던져주고 있는 것인지도 모른다. 그런 의미에서 신기선 시인의 시는 워즈워드가 말한 것처럼 자연을 동심의 눈으로 보고 시를 쓴 것 같은 인상이 있다.

워즈워드(William Wordsworth, 1770~1850)는, 자연은 있는 그대로의 자연이 아니라 보이지 않는 것을 상상력에 의해 환치시킨 산물이라고 하였으며, "어린이는 어른의 아버지"라고 표현하였다. 그것은 깨끗한 인간의 모습으로서의 동심童心의 소중함을 나타내고 있는 말이라고 할 수 있을 것이다.

이번 시집에서도 제1부에서는 이슬에 대한 이미지 탐색이 계속되고 있다. 이전의 「아리랑 산천에 흐르는 눈물」과 같은 통일시의 전면에서도 「서부이촌동」에서의 꽃의 심상이나 이슬의 이기지가 투영된 것을 보면 그가 주로 사용하는 이미지의 심상이 매우 깊은 원초적 심상으로 자리 잡고 있기 때문일 수도 있다는 생각을 하게 된다.

먼저 노 시인의 시집을 탐색하는 여행을 떠나본다.

제1부에서는 앞에서 말한 바와 같은 이슬과 생의 반려자인 '아내'와 '어머니' 같은 가족에 대한 잔잔한 사랑과 애틋한 심상이 펼쳐져 있다.

이슬이 나뭇잎, 꽃밭, 숲 속에 모여 있습니다.
서로 한몸으로 엉키면서 이야기가 한창입니다
나무와 꽃과 숲이 숨결을 고르며 속삭이는 사이
이슬은 그늘을 잃고 사라지고 말았습니다
소리 없이 왔다가 소리 없이 모든 생명에게
기쁨을 주고 간 이슬
그것이 대지의 큰 사랑이 될 줄이야
잼 잼 잼, 짝짝꿍 짝짝꿍, 알알이 흐르는 잔 젖을
천지 만물에 물리고 백일, 돌, 어린 계절을 키우며
빨갛게 타는 수확의 가을을 만든 자연의 어머니
언제나 한 방울의 자양이 되고 언제나 믿음의 한 톨이 된
빈 마음으로 빈 모습으로 똑똑 울기도 하는 이슬
이슬에게는 길은 없고 오직 흐르는 소멸일 뿐

—「이슬 1」 전문

이슬이 만물의 근원이 된다는 인식, 그것은 우주의 법칙이자 자연의 법칙이며 모든 생명의 근원을 설명할 수 있는 원천이다. 여기

에서 이슬은 대지를 일으키고 사랑을 일으키는 원동력이 된다.

인간으로서 이 세상에 태어나 이 세상에 하나의 빛으로 존재하다가 세상을 일으키고 떠나야 하는 존재의 본디 모습을 그의 내면에 응축된 철학적 인식의 한 단면으로 드러내려 한 것 같다. 이것이 그가 추구하는 이슬에 대한 50년간 집착의 근원인지도 모른다.

그는 모든 존재에 대한 애정과 긍정의 눈빛으로 세상을 본다. 그의 시가 대체로 밝고 아름다움에 치중되고 있는 것이 그 표시이다.

인생의 커다란 굴레 속에서 그가 발견하고 인식해 온 생명력의 원천이 이슬로 투영되고 있다는 증좌는 이밖에도 「이슬 1」, 「이슬 2」, 「봄소식」, 「씨앗」, 「눈물의 샘」 등 수없이 많은 시에 투영되고 있는 것으로 알 수 있다.

　　내 아내의 얼굴을 한
　　흰 코스모스는 가냘프게 서있다

　　오랜 세월의 흔적을
　　하나하나 벗기며
　　코스모스는 내 아내의 모습으로 서있다

　　싱크대의 기름때를 벗기며
　　아이들의 꺼먹때를 벗기며
　　시름겹고 사연 긴 나날을 달래던
　　내 아내의 참마음으로

코스모스는 외롭게 서 있다

코스모스는 내 아내가 되어 서있다
아들, 딸, 손자를 설거지하며
고된 세상의 흔적을 조금씩 들추어낸다

남편의 지루했던 그늘도 설거지하며
어른들의 아픈 신음도 설거지하며
캄캄하게 아팠던 세월을 들추어낸다

저기, 저기 지금
환하게 웃고 있는 내 아내와 함께
흰 코스모스는 슬픈 빛을 적시며
가을 하늘 속에 말갛게 서 있다

—「코스모스」전문

　신 시인의 아내에 대한 사랑은 인생의 동반자 이상의 의미로 그
려져 있다. 아내에 대한 사랑과 애틋함, 살아오는 동안에 자신을
희생하며 베풀어온 세월에 대한 고마움 등이 진정 마음에서 우러
난 사랑의 언어로 현현한다.
　"씽크대의 기름때를 벗기며/ 아이들의 꺼먹때를 벗기며/ 시름겹
고 사연 긴 나날을 달래던" 아내, 몸도 코스모스처럼 가냘프고 청
초한 아내에 대한 애틋하고 안타까운 마음이 아름다운 순애보처
럼 드러나고 있다. 이외에도 어머니에 대한 사랑과 그리움이 넘치

는 「누룽지 1」, 「누룽지 2」, 「누룽지 3」, 「김치」와 같은 시에서는 모성적 사랑에 대한 고마움과 그리움이 넘쳐난다.

제2부에서는 자연과 소통하며 그려낸 심상이 투영된 시가 많이 등장한다. 여기에서도 어김없이 '이슬'의 이미지는 생명의 이미지로, 때로는 순수함과 맑은 정신의 이미지로 변신하며 나타난다.

다음에는 보다 다양하고 특별한 '길'에 대한 이미지를 구현하고 있는 시를 만난다.

산 속에 누워서 하늘 속을 보면
보이지 않는 길이 너무 많다

이 꽃 저 꽃에서
이 향기 저 향기 흐르는 길이

새들이 푸른 물 노래 찍으며
골짜기 복습하는 길이

임금 왕자 등에 찍은 벌들이
엄마 땀 아빠 땀 꽃꿀 채워 가는 길이

나비들이 이쁜 색동무늬 날개를
폈다 접었다 진종일 빛 고운 길이

산 샘이 쉬지 않고 말더듬이 하다가

쫑알쫑알 샘숨 트고 말을 하는 길이

반딧불은 밤 삭은 불빛 달고
밤 별과 고즈넉이 글빛 밝히는 길이

바람은 바위에 푸른 이끼 키우고
나의 주름진 얼굴도 쓰다듬고 가는 길이

산에 가면 하늘 속에 큰 길 작은 길
보이지 않는 길이 너무나 많다

모두가 사는 길이 모두가 죽어가는 길이
사랑으로 분주한 길이 너무너무 많다.

—「산에 가면」 전문

"산에 가면 하늘 속에 큰 길 작은 길/ 보이지 않는 길이 너무나 많다// 모두가 사는 길이 모두가 죽어가는 길이/ 사랑으로 분주한 길이 너무너무 많다"는 시인의 말 속에는 인생의 모습과 그 철학이 담겨 있다.

존재하는 모든 것들에 대한 애정어린 눈길, 그리고 그 존재를 자연의 상관물로 치환하여 생애를 비춰보는 상징적인 눈길이 다정하고도 맑다. 그럼에도 불구하고 생자필멸生者必滅, 모든 것은 죽는다는 인식을 펼쳐 보인다. 이 노 시인은 아마도 자신의 노년과 앞으로의 삶에 대한 관조 의식을 이렇게라도 드러내고 싶었음에 틀림이 없다.

내가 아는 한, 이 노 시인은 석공이 조각을 다듬어가는 과정처럼 진지한 자세를 지녔다. 한 편 한 편마다 수없이 많은 사색으로써 갈무리하고 있는 것을 여러 번 본 적이 있다.

다음에는 눈 오는 날의 풍경 속에 아름다운 마음이 담긴 시 한 편을 읽어본다.

눈 내린 들은 한참 바쁩니다
참새도 까치도 때까치도
자연스럽게 글을 쓰며 바쁩니다.

눈 위에 ㄱ, ㄴ, ㄷ, ㄹ을 닮은
나뭇가지 꺾은 그런 글을 씁니다

노래인지 울음인지
찍찍쩩쩩 시끄럽게 떠들며
늘 먹이 주던 들에 모여서
밥 달라고 밥 달라고 글을 씁니다

눈 내린 하얀 들은
발자국이 자꾸 모여
하얀 글이 제멋대로 새겨집니다

먹이 주고 한참 후에 가보면

눈 위에 고맙다는 글씨만
잔뜩 써놓고
귀여운 큰 새도 작은 새도
모습은 보이지 않습니다

내 집에 찾아온 손님은
눈 오면 또 오겠지요

—「눈 오는 날」 전문

　　매우 아름다운 풍경이 눈앞에 펼쳐지는 시가 아닐 수 없다. 그
속에 새들이 먹이를 찾지 못하여 배고플 것이 염려되어 먹이를 주
는 마음은 또한 어떠한가.

　　시인은 눈이 와 먹을거리가 곤궁해진 겨울철 빈 들에 모인 새
들을 보며 "늘 먹이 주던 들에 모여서/ 밥 달라고 밥 달라고 글을
씁니다"라고 말한다. 그러고는 "먹이 주고 한참 후에 가보면/ 눈
위에 고맙다는 글씨만/ 잔뜩 써놓고" 간 생명들에 대한 애정을 드
러낸다.

　　오죽했으면 시 「아내의 자리」에 있는 것처럼 부인께서 서울로
떠나며 "산고양이, 동네 까치 밥 주지 말고"라는 메모를 남겼을
까? 지금도 길가에 버려진 주인 없는 강아지가 따라가면 자신을
추스르기 힘든 나이인데도 그들을 데려다가 키우는 따뜻한 마음
을 가진 분이어서 보살피는 강아지가 한두 마리가 아니다.

　　제3부는 자연 속의 존재를 시인 자신의 존재적 인식을 연결해

내는 통로로 인식한다.

자연 속의 생명들이 그저 존재하는 사물이나 생명이 아니라 시인의 심상 속의 형상적 사물로서의 존재로 읽히고 있는 것이다.

신 시인의 시에는 자연의 모든 생명이나 사물을 통해 아주 먼 우주와 소통하려는 의지가 숨어 있다. 그러한 심상 속에서 나이가 들고 있는 자신의 존재에 대한 성찰과 깨달음을 건져낸다.

금붕어 떼들이 비단 붕어 떼들이
하늘 속을 헤엄치며 떨어진다

봄, 여름, 가을
단풍나무는 만 가지 색 빛을 빨아 먹고
가지마다 키운 수많은 색 붕어들을
한 마리 두 마리 떼어낸다

쏴아쏴아 바람이 세차게 불면
버끔버끔 눈망울을 크게 뜨고
파닥파닥 땅에 우수수 수없이
떨어져 보채며 아우성친다

밤새껏 부르는 노래
가랑가랑 카랑잎 노래

그래도 한 세상 지켜준

어머니 단풍나무 밑에 모여서
이색 저색 골라 입혀주던
어머니 품에
썩어가는 색살을 바치는 붕어떼들

하늘 숨 맞닿은 나무 꼭대기에
그믐달 큰 현弦을 걸어놓고

저문 이 가을에
금붕어 비단 붕어
강물이 그리운
노래를 켜고 있다

—「단풍나무」전문

위의 시 「단풍나무」에서는 물들어 떨어지는 단풍잎들이 하늘을
헤엄치며 땅으로 내려오는 모습을 금붕어가 헤엄쳐 내려오는 형
상으로 매우 아름답게 형상화시킨다. 단풍이 들기까지의 시간들
로 단순히 시간의 의미를 이야기하려 함이 아니다. 그 시간들은
우리 인생의 시간들과 겹쳐져 펼쳐진다.
　인생의 가을과 겨울의 문턱에서 그려내는 이 작품들은 시인의
의식 속에 남아 있는 열정이나 아쉬움, 그리움, 안타까움과 끈끈
함이 결속되어 있는 모습이다.

　내 한 살 때 나의 봄은 시작되었습니다

내 입은 말이 트이고
내 귀는 엄마의 자장가로 열리고
내 눈은 빛이 모여 만물이 보이고
내 손은 젖꼭지를 찾아 빨고
내 발은 아장아장 까치 걸음마 했지요
봄은 이렇게 한 생명을 만들며
나의 봄은 자욱한 아지랑이로 퍼져갔습니다

내 스무살 때 나의 여름은 시작되었습니다
좋은 말 나쁜 말 입속에 가득 차고
글글글이 귀 속에 드나들고
샛파란 눈은 샛파란 사랑을 뜨겁게 하고
돈돈돈에 내 손은 돈때 묻어 녹슬고
천지를 달린 내 발은 발바닥이 탔지요
여름은 이렇게 한 젊음 만들며
나의 여름은 푸른 들 푸른 강이 되어갔습니다

내 마흔 살 때 나의 가을은 시작되었습니다
내 입은 말세상 창고가 되고
내 귀는 글세상 책세상 소리로 쌓이고
내 눈은 내 아내 내 아이의 이 세상 눈빛이 되었지요
내 손은 이 세상에 영근 모든 열매를 따고
내 발은 이곳저곳 다니며 세상을 다스렸지요
가을은 이렇게 한 세상을 만들며

나의 가을은 타는 단풍이 되어갔습니다

내 나이 육순일 때 나의 겨울은 시작되었습니다
주름투성이의 말만 내 입에 남고
글 찌꺼기로 내 귀는 안 들리고
사랑에 눈이 멀어 내 눈은 보이지 않고
이 세상 만들던 내 손은 피가 돌지 않고
봄, 여름, 가을, 겨울을 밟던 내 발은 굳어갔지요
겨울은 이렇게 병든 땅을 만들고
나의 겨울은 낙엽을 데리고 저물어가고 있었습니다

—「춘하추동」 전문

인생은 지나고 나면 남는 것이 아쉬움뿐이라고 했던가? 시인은 "봄, 여름, 가을, 겨울을 밟던 내 발은 굳어갔지요/ 겨울은 이렇게 병든 땅을 만들고/ 나의 겨울은 낙엽을 데리고 저물어가고 있었습니다"라고 노래하면서 삶을 되돌아보는 시간을 가진다.

시인은 탄생에서부터 노년의 모습에 이르기까지 자신의 나이와 자연 현상의 모습과의 병치並置시켜 그 의미망을 형성하는 기초로 활용하고 있다. 그 담론 속에 자신의 인생에 대한 성찰과 관조를 투영시켜 깊은 내면의 울림과 연결함으로써 감동을 불러오고 있는 것이다.

끝으로 제4부에서는 삶과 죽음, 그리고 지난날에 대한 회상의 풍경이 읽힌다. 그리고 그 속에 매우 철학적인 깨달음과 인식으로 세계를 드러내 보이려는 시도를 하고 있다.
  몇 편의 시를 읽어본다.

  하늘 속 깊은 곳 우주의 태궁胎宮에서
  안개살 세포가 모여 떨어지는 물방울

  처음부터 물방울 속에는
  네모진 돌이 들어 있었다

  그 돌은 움직이었다

  기다림 그리움 외로움을 씻으며
  말없이 움직이고 있었다

  그럴수록 돌은 한 인자를 틔우며
  작은 생명으로 커가고 있었다

  어두운 밤을 벗어버리고
  새벽녘 온몸을 어루만지는
  한 샘의 물방울로 이루어지고 있었다

  그러던 어느 날 그 물방울은
  이제껏 내 속에 잠자던
  기다림 그리움 외로움을

말하는 소리로 살아났다

머언 시작의 우주의 태궁에서
땅으로 떨어진 그때부터
내 머리속의 네모진 돌이 풀리고 있었다

―「물방울」 전문

신 시인은 다시 생명의 원천인 물을 등장시켜 "하늘 속 깊은 곳 우주의 태궁胎宮에서/ 안개살 세포가 모여 떨어지는 물방울"이라는 인식의 틀을 짜고, 탄생이 세상을 아우르는 먼 우주와의 커다란 인연의 굴레 속에서 태어난 숭고한 가치를 가진 존재임을 암시한다.

여기에 나타나는 '돌'이라는 네모진 형상물은 존재의 혼이 담긴 생령의 씨앗일 터이다. 그래서 그 물방울로 인해 커가는 생령의 성장이 "이제껏 내 속에 잠자던/ 기다림 그리움 외로움을/ 말하는 소리로 살아났다"고 말하여 한 세상을 살아가는 존재의 주인이 된다는 의미를 던져준다.

끝으로 깨달음의 인식이 담긴 시 한 편을 읽어본다.

오랜 세월에 닫힌 바위 속에서
말소리 들리네

불경 읽는 소리 목탁 두드리는 소리
바위 뚫고 물 흐르듯 들리네

들숲이 산이 강이
모든 짐승과 곤충이
스스럼없이 살고 있는 이치도
바위는 자연이라 말하네

가슴속은 언제나 맑은 샘물
생각은 언제나 빈 뜻
바위는 가르치고 담고 계시네

돌문 열고 들어가면
안으로 가득 차 있는 숨소리
자비와 사랑으로 넉넉하네

—「석불石佛」전문

「석불石佛」은 오랜 세월 침묵 속에 갇힌 말씀이 살아나 우리에게 던져주는 말씀을 하나의 소리로 전해 준다고 말하는 시이다.

모든 짐승과 곤충 같은 하찮은 존재까지도 함께 어울려 사는 삶, 그것이 자연이며 "가슴속은 언제나 맑은 샘물/ 생각은 언제나 빈 뜻/ 바위는 가르치고 담고 계시네"라며 진리의 의미와 버림(=빈뜻)이 바로 참답게 사는 길이라는 말씀을 전한다.

이상과 같이 오랜 세월 시를 갈고 닦으며 살아온 노 시인의 시 세계를 탐색해 보았다. 앞에서 언급한 바와 같이 신 시인은 순수하고 맑은 영혼의 소리를 전해 준다. 신기선 시인은 순수주의자

이며 자연주의자이며 생명 존중을 주된 사상으로 하는 생명주의
자라고 하여도 무방할 것이다.

이 한 권의 시집을 관통하는 시적 상관물은 대부분 모두가 자
연이다. 자연을 매개로 한 심상의 투사(投射, projection)를 통하여
시인은 생명 사상을 강조한다. 그리고 그 자연의 사물과 생명을
통해서 순수하고 맑은 영혼의 삶을 추구하는 자연 사상을 펼쳐
보이고 있다.

시적 소재가 대부분 자연적인 것, 물과 같이 생명의 원천인 것이
고 그것을 동화적 관찰력으로 투시하여 정서적 일체화를 성취해
내고 있다.

그 방법론의 하나로 그는 동화적 시선을 통하여 삶에 대한 깊
은 통찰력으로 자연친화적 태도와 사상을 펼쳐 보인다. 이것은
그가 취해 온 시적 성취의 한 방법으로서 매우 독자적인 방법이라
고 할 수 있을 것이다.

이와 같이 신 시인은 자신이 살고 있는 세상의 중심에서 자연과
내통하며 사는 삶을 주제로 시를 씀으로써, 요즘처럼 자연을 왜
곡하며 사는 삶이 중심이 되어 있는 물질문명 속에서 자연을 아
우르고 그 심오한 깊이를 천착하며 순수함을 지향하는 사랑의
삶이 얼마나 소중한 것인가를 일깨워준다.